LE GÉNÉRAL DE TARTAS

Quomodò ceciderunt fortes,
amabiles in vitâ suâ.

Reg., cap. 11.

Se vend au profit de la Chapelle d'Arcachon.

I0548021

PRIX : 50 C.

BORDEAUX

IMPRIMERIE DE A.-R. CHAYNES, COURS D'AQUITAINE, 57.

1860

LE GÉNÉRAL DE TARTAS

Quomodo ceciderunt fortes,
amabiles in vitâ suâ.

Reg., cap. II.

Se vend au profit de la Chapelle d'Arcachon.

PRIX : 50 C.

BORDEAUX

IMPRIMERIE DE A.-R. CHAYNES, COURS D'AQUITAINE, 57.

1860

Extrait du **Journal d'Arcachon**, du 24
juin 1860 (cinquième année).

———

Depuis que la fin de la dernière saison de
bains avait suspendu la publication de notre
journal, un bien douloureux évènement est
venu plonger dans le deuil le pays tout entier.
M. le général de Tartas, commandant la 14ᵐᵉ
division militaire, membre du Conseil général
de Lot-et-Garonne, ancien représentant de ce
département aux Assemblées constituante et lé-
gislative, a été enlevé par une mort aussi

prompte qu'inattendue, à l'Empereur, dont il était un des serviteurs les plus fidèles, à la France, qui le comptait au nombre de ses plus brillants défenseurs, à notre Midi, si fier de trouver en lui une de ses gloires les plus pures, à Arcachon, dont il avait bien voulu devenir le protecteur et l'ami, à sa famille éplorée, qui n'a pu trouver que dans la religion et la douleur publique un adoucissement au coup terrible qui l'a frappée. Nous arriverions un peu tard pour raconter cette existence si noblement remplie, et dont toute la presse méridionale a retracé les principales pages. Le souvenir de cette vie uniquement consacrée au bien n'est-il pas, du reste, religieusement conservé dans la mémoire et le cœur de tous nos lecteurs? Nous ne pouvons, toutefois, nous dispenser de rappeler la vive affection et le dévouement sans bornes dont l'illustre général avait daigné honorer nos contrées. Propriétaire à Arcachon, il contribua puissamment à amener son érection en commune, en acceptant et remplissant avec

le plus grand zèle les fonctions de président de
la commission syndicale, chargée de représen-
ter la section qui avait manifesté le désir de se
séparer de La Teste. Ce grand acte, qui allait
devenir, pour notre jeune cité, le point de dé-
part d'une prospérité toujours croissante, une
fois opéré, M. de Tartas ne put pas, par suite
des dispositions légales sur les incompatibilités,
faire partie du conseil municipal de la nouvelle
commune, que ses efforts avaient tant contribué
à créer. Mais s'il ne lui fut plus permis d'être
le soutien officiel de ses intérêts, chacun sait
avec quelle ardente sollicitude il prenait offi-
cieusement à cœur toutes les questions dans
lesquelles l'avenir du pays se trouvait engagé.
Il aimait surtout à remplir une fonction que la
loi ne lui avait pas interdite, la présidence de
la Société de Saint-Vincent-de-Paul, dont il
était le chef et le modèle. C'est par des bienfaits qu'il signalait son séjour à Arcachon, que
nous trouvions tous trop court, les pauvres surtout, et ceux qui sollicitaient sa bienveillance.

Aussi, sa perte fut-elle élevée ici à la hauteur d'un véritable malheur public ; et lorsque, fidèles interprètes des sentiments unanimes de leurs concitoyens, les autorités religieuses et civiles les appelèrent aux pieds de la Madone d'Arcachon, pour invoquer sa miséricorde en faveur de la belle âme de notre regretté général, non-seulement la vieille chapelle, mais la vaste église paroissiale se trouvèrent trop petites pour contenir les flots d'une population en larmes, qui venait prier pour son bienfaiteur.

Le conseil municipal s'empressa de s'associer à ces légitimes regrets, en décidant que le nom de l'illustre général serait donné à une des principales rues de la cité.

Le *Journal d'Arcachon* a voulu, lui aussi, payer son tribut de reconnaissance à une mémoire si chère. Une muse bien connue de nos lecteurs s'est acquittée de cette tâche dans les vers suivants, que nous sommes heureux de publier.

L. DE P.

LE GÉNÉRAL DE TARTAS

Quomodò ceciderunt fortes,
amabiles in vitâ suâ.

Reg., cap. 11.

Quand sur ses hauts sommets couronnés d'oliviers,
L'antique Gelboë vit périr deux guerriers,
Qui firent si longtemps l'honneur de la Judée,
Tout Israël pleura leur fin prématurée.
David qui de ce jour était l'heureux vainqueur,
Exhala dans son camp sa plaintive douleur :
« Que le ciel te refuse à jamais sa rosée,
« O mont de Gelboë, puisque là s'est brisée
« La lance de Saül, terreur des ennemis ;
« Puisque ton sol a bu le sang de mes amis
« Saül et Jonathas noble fils d'un tel père,
« Eux que mon cœur aimait de l'amour d'une mère.

« L'aigle était moins rapide en traversant les airs ;

« Ils surpassaient l'ardeur du lion des déserts,

« Quand tous deux agitant leur lance menaçante,

« Chez les fils d'Amalec ils jetaient l'épouvante.

« Comment sont-ils tombés, ces héros des combats,

« Désormais réunis dans la nuit du trépas ? »

Ces accents ont jailli du cœur de notre France,

Qui vient de voir s'éteindre une noble existence,

Et comme aux jours anciens, demande avec stupeur,

Comment a disparu celui dont la vigueur,

Le courage viril et la vaillante épée,

Avaient de notre gloire embelli l'épopée.

Celui dont le nom seul gardait tout un pays,

Et qui ne rencontra que des regards amis.

Éternelle douleur !... La tâche du poète,

Devant un tel sujet fait incliner sa tête,

Et jetant sur sa lyre un long voile de deuil,

Il s'assied pour chanter à l'ombre d'un cercueil.

La voix du cœur m'a dit : La plume de l'histoire,

De l'illustre soldat gardera la mémoire,

Mais tu dois lui payer ton modeste tribut.

En des jours plus heureux, tu sais qu'il te connut,

Et que naguère encore, sa main pressa la tienne.

Son âme, il m'en souvient, d'espérance était pleine,

Quand son œil contemplait l'enfant aux blonds cheveux.
Sur lequel reposaient son amour et ses vœux.
Le guerrier dont la France admira le courage,
Pouvait avec orgueil lui léguer l'héritage
Du brillant souvenir de ses ardents combats,
Des rives de Chéliff aux sommets de l'Atlas.

Enfant, vous qui portez sur votre jeune tête,
Le fardeau de ce nom que la France regrette,
Je veux graver pour vous ce noble souvenir,
Qui devra vous guider plus tard vers l'avenir.
Et si, trop jeune encor, vous ne pouvez comprendre,
Quels efforts généreux nous avons droit d'attendre,
Nous espérons qu'un jour, pour l'honneur du pays,
Le glorieux Tartas revivra dans son fils.

L'airain grondait toujours sur la terre d'Afrique,
L'Émir dans les douars, de sa voix prophétique,
Annonçait qu'avant peu, nos bataillons vaincus
Allaient subir le joug de leurs fières tribus.
Et du sommet des monts, et des sombres vallées,
Surgissaient par milliers les hordes enrôlées,

C'était la guerre à mort, sans trève ni repos,
Chaque jour se levait pour des combats nouveaux ;
Et tandis que sortant de leurs tentes rivales,
Les uns poussaient sur nous leurs ardentes cavales ;
Sous l'épineux buisson, et dans l'obscur ravin,
Pour l'imprudent soldat veillait un assassin.

Enfant, ce fut alors que votre vaillant père,
Partit pour se mêler aux dangers de la guerre,
Et dès le premier jour, au bruit de leurs clairons,
Vers les rangs ennemis guida ses escadrons.
Les fidèles chasseurs qu'enivrait son audace,
Ainsi qu'un ouragan, s'élançaient sur sa trace.
Aux champs de la Mina, comme aux plaines d'Isly,
D'un invincible choc culbutaient l'ennemi,
Et l'heureux colonel, brillant de renommée,
Fut proclamé dix fois l'exemple de l'armée.
Si les soldats d'Essling, de Wagram et d'Eylau,
Avaient pu visiter le théâtre nouveau,
Sur lequel notre France arborant sa bannière,
Vint abaisser l'orgueil d'un insolent corsaire ;
L'aspect du noble chef, dont la fière valeur,
Porta toujours si haut son étendard vainqueur,
Eût évoqué chez eux ces types de vaillance,
Dont le bras tant de fois fit pencher la balance,

L'impétueux Murat, Lassalle, Nansouty ;
Car le sang des héros ne s'est pas démenti.
Et guerriers d'Austerlitz, et guerriers d'Algérie,
Sont l'éternel honneur de la grande patrie.

Si plus tard, vous son fils, appelé par le ciel
A soutenir l'éclat du renom paternel,
Vous parcourez ces lieux remplis de sa mémoire ;
Les sentiers qu'il foula vous rediront sa gloire,
Et quand vous paraîtrez sur ce vaste champ-clos,
Vous entendrez soudain tressaillir les échos.

Outre les grands récits des fastes militaires,
Qui vous retraceront l'histoire de nos guerres,
Vous aurez dans vos mains de plus chers monuments
D'un passé glorieux souvenirs éloquents.
Ces cordons et ces croix dont la riche parure,
Du brave général embellissait l'armure,
Vous diront mieux encor, comment les nobles cœurs
De la France guerrière obtiennent les faveurs.
Lorsqu'enfin le héros abandonna l'arène,
Et revint parmi nous de la plage africaine,

Le front tout rayonnant de ses nombreux exploits,
Bordeaux le salua de sa puissante voix.
Désormais éloigné des champs de l'Algérie,
Au bien-être de tous il consacra sa vie ;
Le ciel bénit son œuvre, et la grande cité,
Entoura de respect sa douce autorité.
Nous admirions en lui cette aisance française,
Et cet abord loyal qui met les cœurs à l'aise.
Il était roi chez nous, car on est vraiment roi,
Quand on sait par l'amour faire accepter la loi.
Le malheur sur son âme avait toute puissance,
Et jamais affligé ne quitta sa présence,
Sans éprouver au cœur le consolant espoir.
Dans les jours d'apparat, nous aimions à le voir,
Quant au front des soldats il s'avançait rapide,
Porté par le galop de son cheval numide,
Et de sa voix guerrière, électrique signal,
Il imprimait aux rangs ce mouvement égal,
Et ces marches d'ensemble, où la foule charmée
Contemplait fièrement sa belliqueuse armée.

Tant de soins exigeaient des heures de loisir ;
Le digne général avait voulu choisir
Pour séjour de repos, le fortuné rivage
Où s'élève Arcachon ; la forêt qui l'ombrage,

La mer qui gronde au loin, l'admirable bassin
Qu'alimentent les flots de l'Océan voisin,
Et ces riants coteaux dont la belle verdure,
Entoure la cité d'une vaste ceinture,
Tout invite l'esprit, après de longs travaux,
A goûter sur ces bords les douceurs du repos.

Un agreste châlet, élégant édifice,
Au gracieux dessin, emprunté de la Suisse,
Non loin du temple aimé de nos pauvres marins,
Lève son toit aigu que couronnent les pins.
C'était sous les lambris de ce manoir rustique,
Embaumé d'un parfum de vertu domestique,
Que le guerrier fuyant la pompe et les honneurs,
Aimait à déposer le fardeau des grandeurs.
La main qui tant de fois, aux lointaines frontières,
Avait d'Abd-el-Kader dispersé les bannières,
Et frappé de terreur ses farouches vassaux,
Venait y cultiver de jeunes arbrisseaux.
Ici comme à Bordeaux, l'indigence qui pleure,
La veuve et l'orphelin connaissaient sa demeure ;
Ils connaissaient aussi la généreuse main,
Qui doublait les bienfaits déposés dans leur sein,
Et près du général, avec tant de noblesse,
Revendiquait sa part de pieuse largesse.

L'étranger vers la plage attiré pour un jour,
Voulait qu'on lui montrât le champêtre séjour,
Qui prêtait sur ces bords, loin du bruit des victoires,
Son ombre hospitalière à l'une de vos gloires.

Échos, gardez son nom dans vos plaintifs concerts,
Quand la brise du soir, en agitant les airs,
Viendra vous réveiller au murmure des ondes,
Répétez-le toujours dans vos gorges profondes ;
C'est le nom d'un ami dont le cher souvenir,
Doit avec Arcachon partager l'avenir.
Vous qui touchez à peine au seuil de la carrière,
Et qui portez ce nom que la France révère,
Enfant, préparez-vous à soutenir l'honneur,
D'un si beau caractère et d'un si noble cœur.
Ma lyre, en esquissant l'histoire paternelle,
N'a cru trouver pour vous de plus touchant modèle ;
La probité, l'honneur, le noble amour du bien,
La gloire des combats et la foi du chrétien.
On vous a dit comment, à son heure dernière,
Il dirigea l'essor de son âme guerrière,
Vers Dieu qui l'enlevait à tant d'objets chéris,
Aux regrets de l'armée, à l'amour du pays.
Le ciel, et c'est ici l'espoir qui nous console,
A posé sur son front l'immortelle auréole.

Quand vers le sol natal, si fier de son berceau,
Le glorieux défunt vint chercher un tombeau,
Un peuple tout entier, rangé sur son passage,
Donna de sa douleur le touchant témoignage.
Dans l'immense concert de tant de cœurs émus,
La voix des magistrats célébrait ses vertus,
Les guerriers rappelaient les beaux jours de sa gloire,
La foule en sanglotant bénissait sa mémoire,
Quand de pareils honneurs entourent un cercueil,
Un autre sentiment vient se mêler au deuil ;
Il semble qu'on entend la voix de l'espérance
Nous dire : Il est au ciel et son bonheur commence.

Si sa mourante main ne put pas vous bénir,
Nous savons que vers vous vola son souvenir.
Sa dernière pensée, à l'heure solennelle,
Où Dieu visite une âme et vers lui la rappelle,
Se reporta du moins, avec un doux espoir,
Vers un temps désiré qu'il ne devait pas voir.
Marchez-donc sur les pas de votre illustre père ;
Pour l'honneur de son nom, pour le cœur d'une mère
Nous en formons déjà le présage éclatant,
Fils du brave Tartas, la France vous attend.

                                        A. A.

www.ingramcontent.com/pod-product-compliance
Lightning Source LLC
Chambersburg PA
CBHW061531170626
46811CB00004B/1918